İlk Okuma
Köpekler

Emma Helbrough

W0403448

TÜBİTAK
POPÜLER BİLİM KİTAPLARI

TÜBİTAK Popüler Bilim Kitapları 284

İlk Okuma - Köpekler
Beginners - Dogs
Emma Helbrough
Tasarım: Josephine Thompson
Resimleyen: Patrizia Donaera - Uwe Mayer
İngilizce metnin bilimsel danışmanı: Emma Milne

Çeviri: H. Murat Tüzel

© Usborne Publishing Ltd., 2003
© Türkiye Bilimsel ve Teknolojik Araştırma Kurumu, 2006

Bu yapıtın bütün hakları saklıdır. Yazılar ve görsel malzemeler,
izin alınmadan tümüyle veya kısmen yayımlanamaz.

TÜBİTAK Popüler Bilim Kitapları'nın seçimi ve değerlendirilmesi
TÜBİTAK Popüler Bilim Kitapları Yayın Kurulu tarafından yapılmaktadır.

ISBN 978 - 975 - 403 - 463 - 9

1. Basım Ekim 2008 (10.000 adet)
2. Basım Nisan 2010 (10.000 adet)
3. Basım Ekim 2011 (7500 adet)

Yayın Yönetmeni: Duran Akca
Yardımcı Yayın Yönetmeni: Dr. Oğuzhan Vıcıl
Yayıma Hazırlayan: Özlem Özbal
Sayfa Düzeni: Ayşe Taydaş
Basım İzleme: Yılmaz Özben

TÜBİTAK
Popüler Bilim Kitapları
Atatürk Bulvarı No: 221 Kavaklıdere 06100 Ankara
Tel: (312) 427 06 25 Faks: (312) 427 66 77
e-posta: kitap@tubitak.gov.tr
www.kitap.tubitak.gov.tr

Semih Ofset Matbaacılık Sek. Yay. San. ve Tic. Ltd. Şti.
Büyük Sanayi 1. Cadde No: 74 İskitler Ankara
Tel: (312) 341 40 75 Faks: (312) 341 98 98

ilk okuma

Köpekler

Emma Helbrough

Çeviri: H. Murat Tüzel

İçindekiler

Köpek soyları

Pek çok köpek soyu vardır. Kimisi çok büyük, kimisi küçücüktür. Bazılarının tüyleri uzun, bazılarınınsa kısadır.

Bu benekli köpek bir Dalmaçyalı.

Yavrular

Anne köpekler bir seferde genellikle altı ile on arası yavru doğurur. Yavrular üşümemek için birbirlerine sokularak uyur.

Yavrular iki haftalık olduklarında yürümeye başlarlar. Büyüdükçe daha meraklı olurlar.

Üçüncü haftada yavruların ilk dişleri çıkar ve katı gıdalar yemeye başlarlar.

Dört aylık olduklarında erişkin dişleri çıkar ve buldukları her şeyi çiğnemek isterler.

Oyun zamanı

Yavrular üç haftalıkken birbirleriyle oynamaya başlar.

Kavga eder gibi oynamayı çok severler. Kimin daha güçlü olduğunu göstermek için birbirlerinin üzerine atlarlar.

Parklarda köpekler kovalamaca oynar. Oyundaki roller sürekli değişir.

Bazı köpekler doğada yaşar. Kurtlar vahşi köpeklerdir. Onların yavruları da evcil köpek yavruları gibi oyuncudur.

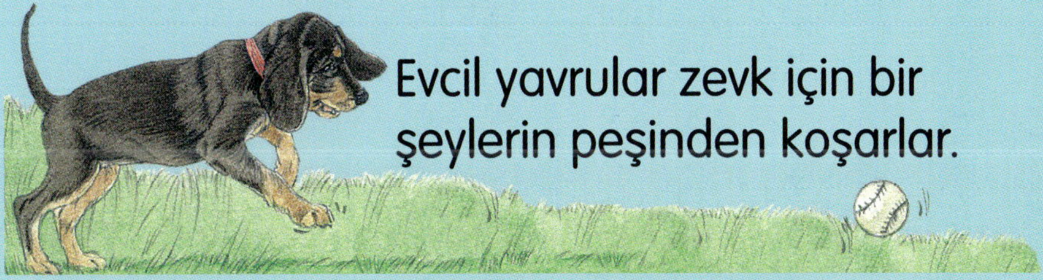

Evcil yavrular zevk için bir şeylerin peşinden koşarlar.

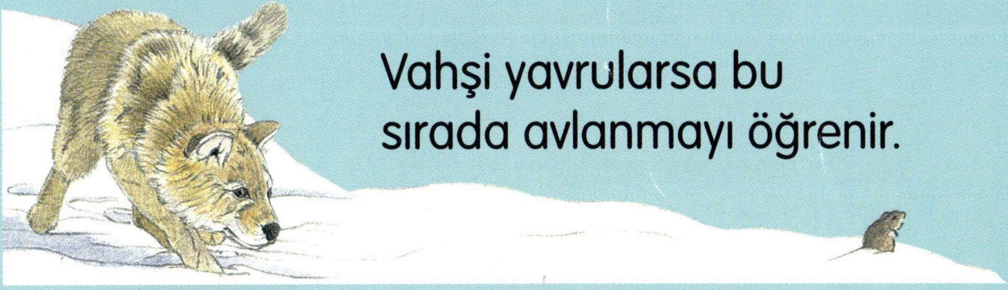

Vahşi yavrularsa bu sırada avlanmayı öğrenir.

Sürü

Köpekler insanlarla ve başka köpeklerle bir arada olmayı sever.

Kurtlar sürüler halinde yaşar.

Bir sürüde en fazla on beş kurt olur. Kurtlardan biri sürü lideridir. Diğer kurtlar liderin emirlerine uyarlar.

Evcil köpekler sahiplerini sürü lideri olarak görür.

Köpek, sürü liderini selamlamak için onun yüzünü yalıyor.

Sonra da patronun kim olduğunu bildiğini göstermek için sırtüstü yatıyor.

Yavrular çoğu kez bir sürüdeymiş gibi oynar.

Yavrulardan biri mutlaka daha baskın olur ve sürü lideri gibi davranır.

Bekçi

Köpeğin evi ve evinin etrafı onun bölgesidir.

Köpekler bölgelerinin sahibi olduklarını düşünür ve oraya bekçilik eder.

Bölgelerine yabancılar yaklaştığında havlarlar.

Havlayamayan tek köpek soyu basenjidir.

Köpekler
çişlerini yaparak
bölgelerine
kokularını bırakır.

Köpekler bir yeri kokladıklarında oranın
başka bir köpeğin bölgesi olup olmadığını anlar.

Köpekler birbirlerinin bölgelerini ele geçirmeye çalışır.

Bu köpek daha önce
başka bir köpeğin
işediği bir yeri kokluyor.

Sonra da öbür köpeğin
kokusunu bastırmak
için aynı yere işiyor.

Köpek dili

Köpekler duygularını anlatmak için, seslerin yanı sıra yüzlerini ve vücutlarını da kullanırlar.

Sevinir ya da heyecanlanırsa kuyruğunu hızlı hızlı sallar.

Çok kızarsa hırlar ve dişlerini gösterir.

Bir şey ilgisini çekerse kulaklarını diker.

Korkarsa kuyruğunu bacaklarının arasına kıstırır.

Bazı köpekler yalnız kaldığında ulur. Bunu sahibini çağırmak için yapar.

Bu köpek oyun oynamak istiyor. Ön bacaklarını yere dayamış, gövdesinin arka kısmını yukarı kaldırmış.

Bu, tipik bir oyun davetidir.

Kazı

Köpekler toprağı çoğu zaman zevk için kazar, ama bunun başka nedenleri de olabilir.

Bu vahşi dişi köpek toprakta derin bir oyuk açıyor.

Bu oyuk onun ini oluyor. Yavrulamak için sürünerek içeri giriyor.

Yavrular ilk haftalarını inin içinde geçiriyor.

Sıcak günlerde bazı köpekler yeri kazar.

Sonra kazdığı yere yatar, çünkü burası daha serindir.

Köpekler bazen oyuncaklarını, saklama amacıyla toprağa gömer. Oynamak istedikleri zaman kazıp çıkarırlar.

Vahşi yaşam

Vahşi köpekler yiyecek bulabilmek için sürüler halinde avlanır. Böyle zamanlarda yavrular inde kalır.

Bu Afrika yaban köpeği yavruları, sürülerinin avdan dönmesini bekliyor.

Afrika yaban köpekleri sıcak yerlerde yaşar, bu nedenle günün büyük kısmını gölgede dinlenerek geçirir.

Ava çıkmış bir Afrika yaban köpeği sürüsü zebralara yaklaşıyor.

Köpekleri fark eden zebralar kaçışıyor. Köpekler zebralardan birinin peşine düşüyor.

Zebra koşmaktan yorulduğunda köpekler onu yakalıyor ve yiyor.

Koklama

Köpeklerin koku alma duyusu olağanüstü gelişmiştir. Onlar için bir şeyi koklamak, görmekten daha fazlasını ifade eder.

İki köpek karşılaştığında birbirlerini koklar.

Kokladıkları köpeğin yaşını ve cinsiyetini anlarlar.

Yıkandıktan sonra köpeklerin tüylerinin kokusu değişir.

Başka kokuların bu yeni kokunun yerini alması için yerlerde yuvarlanırlar.

Köpekler daha iyi koku alabilmek için burunlarını sallar.

En iyi koku alan soy bloodhounddur. Burunları bizimkinden binlerce kez daha hassastır.

Arama kurtarma

Köpekler üstün koku alma duyularını, insanların aradıkları bazı şeyleri bulmalarına yardım etmek için de kullanır.

Havaalanlarında eğitimli köpekler bavulları koklar.

Bavullarda hayvan ve silah gibi, uçağa alınmasına izin verilmeyen şeyler varsa bunları bulurlar.

Depremlerden sonra köpekler, kurtarma ekiplerinin enkaz altındaki insanları bulmasına yardım eder.

Kurtarma ekipleri dağlarda kaybolan insanları ararken köpekleri kullanır.

Karın altında kalmış birisi varsa köpek onu bulur.

Havlayarak haber verir. Ekip kazazedeyi karın altından çıkarır.

Akıllı yardımcılar

Bazı köpekler iyi göremeyen ya da duyamayan insanlara yardımcı olmak üzere eğitilir.

Eğitimli köpekler belirli sesleri duyduklarında, örneğin bir çalar saat sesi, sahiplerine haber verirler.

Sesi duyduğunda patisiyle sahibine dokunur.

Yangın alarmı duyduğunda tehlikeyi göstermek için yere yatar.

Kapı çaldığında sahibini kapıya yönlendirir.

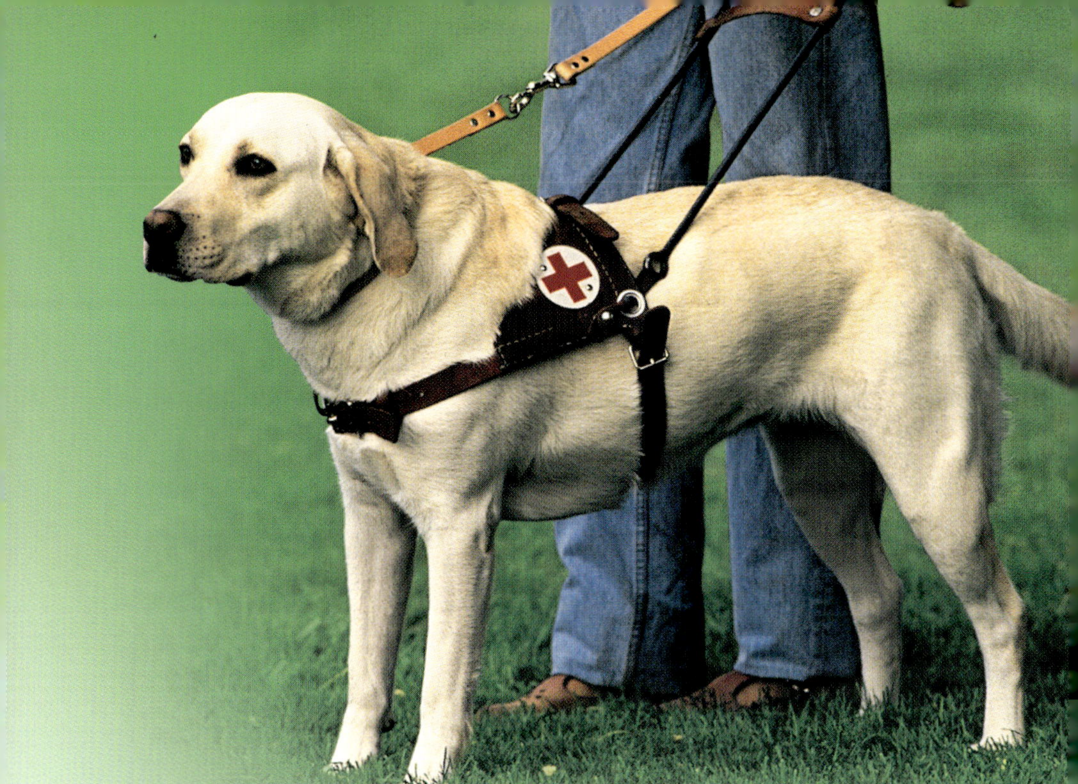

Kılavuz köpekler iyi göremeyen insanların güvenli bir şekilde yürüyebilmelerine yardımcı olur.

Sahiplerinin bir şeylere çarpmadan yürümesini sağlamak üzere eğitilmişlerdir.

Kaldırımda durarak karşıdan karşıya geçmek için uygun zamanı beklerler.

Çoban köpekleri

Çiftçiler koyunlarını
bir arada tutmak için
köpeklerden yararlanır.

Border collieler
genellikle çoban köpeği
olarak kullanılır.

Bu yavru da
altı aylık olduğunda
çoban köpeği
eğitimine
başlayacak.

Çoban köpekleri inekleri, keçileri, hatta ördekleri bir arada tutmak üzere de eğitilebilir.

Çiftçi düdük çalar ve köpeğe seslenir.

Köpek koyunların arkasına geçip onları ağıla yönlendirir.

Gruptan ayrılan olursa, köpek onun peşine düşer ve ağıla girmesini sağlar.

Kızak köpekleri

Kızak köpekleri karda kızak çeker. Bazı insanlar kızak köpeklerinin çektiği kızaklar üzerinde seyahat eder. Bazılarıysa onları zevk için yarıştırır.

Köpeklere birer koşum takımı takılır ve bunlar uzun bir halata bağlanır.

Halatın ucu kızağın ön tarafına bağlanır.

Kızak köpekleri yarışlardan sonra iyice acıkmış olurlar. Bunlar, evde beslenen köpeklerden altı kat fazla yerler.

Soğuktan korumak için köpeklerin ayaklarına genellikle çorap giydirilir.

Köpekler sürücünün verdiği komutlara göre hareket ederler.

Köpek aileleri

Anne ve baba köpek tıpatıp aynı görünüyorlarsa yavruları da tıpkı onlara benzer. Bu yavrulara safkan denir.

Bu İngiliz çoban köpeği yavruları büyüdüklerinde tıpkı anne babalarına benzeyecekler.

Anne ve baba köpeğin görünüşleri farklıysa...

...yavruları ikisinin karışımı olur.

Annesi ve babası farklı soydan olan köpeklere kırma denir.

Kırma köpekler genellikle safkanlardan daha sağlıklı olur ve daha uzun süre yaşar.

Sözlük

Bu kitapta geçen bazı sözcüklerin anlamını bilmiyor olabilirsiniz. Bu küçük sözlükte bilmediğiniz sözcüklerin anlamlarını bulabilirsiniz.

Bölge: Köpeğin yaşadığı yer. Köpekler bölgelerini korurlar.

Çoban köpeği: Koyunlara göz kulak olmak üzere eğitilmiş köpek.

İn: Vahşi köpek yavrularının doğduğu ve ilk haftalarını geçirdiği yer.

Koşum: Köpeklere takılan özel bir kayış.

Sürü: Bir arada yaşayan bir grup köpek. Vahşi köpekler sürüler halinde yaşar.

Sürü lideri: Sürüdeki diğer köpekleri yöneten köpek.

Dizin

Fotoğraflar
© Africa Imagery, 16 (Roger de la Harpe); © Ardea, 11, 24 (John Daniels); © Frank Lane Picture Agency, 8 (Tim Fitzharris/Minden Pictures), 23 (Klein/Hubert/FotoNatura); © Getty, kapak, 29 (Patricia Doyle), 1 (Gary Randall), 2-3 (Geoff du Feu), 19 (Dag Sundberg); © ImageState, 28; © Leeson Photos, 7 (Tom - Pat Leeson); © NHPA, 4 (E. A. Janes), 9 (Henry Ausloos); © Powerstock, 21 (Bob Winsett/Index Stock Imagery); © Richard Schiller, 26-27; © Warren Photographic, 6, 10, 18, 31 (Jane Burton), 13 (Kim Taylor); © Workbookstock, 15 (Lori Adamski-Peek)

Anne Babalara Notlar

Kitaplarımız belirli yaş gruplarına ayrılmıştır ancak her çocuğun ayrı özellikleri olduğunu unutmayınız... Bu nedenle çocuklarınız için kitap seçerken yaşına dikkat etmenin yanı sıra lütfen bireysel gelişim özelliklerini de göz önünde tutunuz.

Okuma yazma etkinlikleri bir yandan çocuğunuzun dil gelişimini hızlandırır, diğer yandan derslerdeki ve çeşitli alanlardaki başarısının temelini oluşturur. Okuma yazma sürecini başarılı bir biçimde gerçekleştiren çocuk, hem kendi duygu ve düşüncelerini daha açık anlatabilecek hem de çevresiyle daha etkili iletişim kurabilecektir. Bu kitaplarla çocuklar arasında kurulan etkileşim, çocukların estetik beğenilerini yükseltecek, yaşam ve insan gerçekliğine ilişkin bilgileri edinmelerine önemli katkılar sağlayacaktır. Böylece çocuklarımızın araştırma yapma ve okuma isteği artacak, yaratıcılığı ve düş gücü gelişecektir.

Bu kitapları okulöncesi dönemdeki çocuklarınız için de kullanabilir, kitapları onlara okuyarak anlatabilirsiniz. Çocuklarınız okumayı öğrendikten sonra aynı kitapları kendi kendilerine okuyup tekrar değerlendirebilirler.

Uçaklar
Fiona Patchett
Çiftlik Hayvanları
Katie Daynes
Kurbağalar
Anna Milbourne
Neden Yeriz?
Stephanie Turnbull
Tırtıllar ve Kelebekler
Stephanie Turnbull
Örümcekler
Rebecca Gilpin
Yanardağlar
Stephanie Turnbull
Denizin Altında
Fiona Patchett
Çöp ve Geri Dönüşüm
Stephanie Turnbull
Atlar ve Midilliler
Anna Milbourne
Vücudunuz
Stephanie Turnbull
Yumurtalar ve Civcivler
Fiona Patchett
Ayılar
Emma Helbrough
Bitkiler Nasıl Büyür?
Emma Helbrough
Gemiler
Emily Bone
Kediler
Anna Milbourne
Uzayda Yaşamak
Katie Daynes
Güneş, Ay ve Yıldızlar
Stephanie Turnbull
Köpekler
Emma Helbrough
Gezegenimiz Dünya
Leonie Pratt
Gece Hayvanları
Susan Meredith
Hava Durumu
Catriona Clarke
Minik Hayvanlar
Lucy Bowman
Antarktika
Lucy Bowman
Köpekbalıkları
Catriona Clarke